AF451626

VENTE

DU MERCREDI 20 FÉVRIER 1895

HOTEL DROUOT, SALLE Nᵒ 7

à deux heures

AQUARELLES, DESSINS

TABLEAUX MODERNES

EAUX-FORTES — BRONZES

EXPOSITION PUBLIQUE

Le Mardi 19 Février 1895, de 1 heure 1/2 à 5 heures 1/2

COMMISSAIRE-PRISEUR	EXPERT
Mᵉ LÉON TUAL	**M. GEORGES SORTAIS**
56, rue de la Victoire, 56	23, rue d'Armaillé, 23

HOMO
AD
IN
IMPRIMERIE DEL ART

CATALOGUE

D'

AQUARELLES, DESSINS

TABLEAUX MODERNES ET EAUX-FORTES

PAR

Andrieux, Barrias, J. Béraud, Bonvin, Bourgain, Corot
Maurice Courant, Daumier, Detaille, Alfred de Dreux, J. Dupré
Forain, Géricault, Gérôme, Guillaumet, Harpignies, Henner, J. P. Laurens
Lazerges, M. Leloir, Lepoittevin, Montenard, Monticelli
De Penne, Puvis de Chavannes, Raffet, Roll, Rochegrosse
Ary Scheffer, Troyon, Willette, etc.

ET DE

Bronzes par Frémiet

DONT LA VENTE AURA LIEU

HOTEL DROUOT, SALLE N° 7

Le Mercredi 20 Février 1895, à 2 heures

———————

Par le ministère de Me **LÉON TUAL**, commissaire-priseur

56, rue de la Victoire, 56

Assisté de **M. GEORGES SORTAIS**, peintre-expert

23, rue d'Armaillé, 23

Chez lesquels se distribue le présent Catalogue

———————

EXPOSITION PUBLIQUE

Le Mardi 19 Février 1895, de 1 heure 1/2 à 5 heures 1/2

CONDITIONS DE LA VENTE

Elle sera faite au comptant.

Les acquéreurs payeront *cinq pour cent* en plus des prix d'adjudication.

Paris. — Imp. de l'Art. E. Moreau et Cⁱᵉ, 41, rue de la Victoire.

DÉSIGNATION

TABLEAUX ET DESSINS

1 — **Andrieux**. Soldats de la Révolution. Mine de plomb.

2 — **Arus**. Zouave en vedette.

3 — **Arus**. Villageois.

4 — **Besnard (A.)**. Jeune Femme accoudée à une table. Aquarelle signée et datée au haut à droite.

5 — **Bonnemaison**. Vache dans un paysage.

6 — **Bonvin (François**. La Rue Croulebarde. Dessin, mine de plomb.

7 — **Bonvin (François)**. Bonne Bourgeoise lisant, assise dans un fauteuil au coin de son feu. Signé au haut à droite.

8 — **Boulanger (Louis)**. Jeune Italienne assise sur un rocher au bord de la mer. Aquarelle signée à gauche.

9 — **Colin (Alexandre)**. — Portrait présumé de Chateaubriand. Signé et daté au bas à droite.

10 — **Corot (Camille)**. Vue de Ville-d'Avray. Une paysanne suivie d'une chèvre gravit un sentier montueux. Signé au bas à gauche.

11 — **Cossmann**. Choux, oignons et chaudron. Nature morte.

12 — **Daumier (H.)**. Ah! la campagne! Ah! les vendanges! Quel point de vue! Dessin rehaussé d'aquarelle.

13 — **Daumier (H.)**. Où l'on reconnaît bien un ancien pharmacien. Dessin rehaussé d'aquarelle.

14 — **Daumier (H.)**. C'est demain la fête de sa femme. Dessin à la mine de plomb.

15 — **Daumier (H.)**. Ce que le bon bourgeois est convenu d'appeler une petite discrétion. Dessin à la mine de plomb.

16 — **Didier (Jules)**. Le Duel. Aquarelle.

17 — **Dreux (Alfred de)**. Un Cheval qui se cabre. Aquarelle.

18 — **Dupré (Jules)**. Village au bord d'une rivière. Dessin au crayon noir.

19 — **Dupré (Jules)**. Paysan tenant un cheval par la bride. Crayon noir.

20 — **Dupré (Jules)**. Cheval au ratelier. Dessin.

21 — **Ethoffer**. L'Armurier. Aquarelle.

22 — **Ethoffer**. Un Hallebardier. Aquarelle.

23 — **Essen (Van)**. Moutons.

24 — **Forain (J.)**. Les Coulisses de l'Opéra. « Pour venir, a n' pourra pas venir, mais elle ira chez vous demain. » Dessin à la plume.

25 — **Forain (J.)**. Dans la rue. « C'est comme ça que tu es à ton bureau.... » Satire. Dessin.

26 — **Forain (J.)**. La Politique. « Qu'est-ce qu'y veulent donc qu'on fasse avec vingt-cinq francs par jour ???!!! ». Dessin colorié.

27 — **Forain J.)**. Actualités. « Accaparement..... misère. » Aquarelle.

28 — **Forain (J.)**. Directeur de théâtre après l'Exposition, d'après Friant. Aquarelle.

29 — **Forain (J.)**. « C' que c'est que la veine, t'aurais moins aimé boire que j' s'rais ta femme. » Dessin.

30 — **Forain (J.)**. Petites annonces. Dessin.

31 — **Forain (J.)**. Rue Laffitte. Lithographie (tirée à 50 exemplaires, n° 49).

32 — **Fraipont (G.)**. Le Grenier. Aquarelle.

33 — **Gardette (A.)**. Bretonnes lavant du linge dans les marais, près Nantes. Aquarelle, recto et verso.

34 — **Gastaldi**. Baigneuse.

35 — **Géricault** (**Th.**). Cheval abattu. Profil du maître. Dessins à la mine de plomb.

36 — **Géricault** (**Th.**). Cheval bai dans une écurie, vu presque de face. (Collection Binder.)

37 — **Gudin** (**H.**). Deux marines. Signées au bas, à gauche.

38 — **Guillaumet**. Femmes montant de l'eau dans un village. Dessin au crayon noir.

39 — **Heim** (**François-Joseph**). Loth et ses filles devant Sodome. Signé et daté au bas, à gauche.

40 — **Heim** (**François-Joseph**). L'Enfant prodigue.

41 — **Huet** (**J.-B.**, École de). Moutons au pacage. Dessin à la plume. (Vente Paris.)

42 — **Huet** (**J.-B.**). Pâtre conduisant son troupeau sur une route. Sanguine.

43 — **Lapito**. Paysage.

44 — **Lazerges**. Étude d'enfant. Mine de plomb.

45 — **Lazerges** (**Hippolyte**). Le Tombeau d'un chef arabe dans une mosquée. Signé au centre.

46 — **Lenoir**. Convoi égyptien quittant le Caire.

47 — **Lepoittevin** (Genre de). Vieille Tourelle en Touraine.

48 — **Lepoittevin** (Genre de). Vieux Manoir en Touraine.

49 — **Leprince (Léopold)**. Portrait d'un colonel de la garde nationale portant la croix de commandeur de Jérusalem. Signé et daté au bas à gauche.

50 — **Lionel (Royer)**. Scènes de Manon Lescaut.

    Retour du chevalier des Grieux à la chaumière.

    Rixe dans la chaumière.

    Le Duel.

    La Mort de Manon Lescaut.

Quatre aquarelles. Seront divisées.

51 — **Madou**. Paysan coiffé d'un bonnet de coton. Mine de plomb.

52 — **Mierevelt**. Portrait d'homme aux deux crayons.

53 — **Monticelli** (Genre de). Personnages dans un parc.

54 — **Monticelli**. Galères un jour de fête, près Venise. Pastel.

55 — **Monticelli**. Vue d'Italie. Pastel.

56 — **Orsel (Victor)**. Étude de mains (pour le choléra à Lyon).

57 — **Potterlet** (Genre de). La Déclaration. Cadre en bois sculpté.

58 — **Raffet**. Le Bal des étudiants. Croquis à la sépia.

59 — **Scheffer (Ary)**. Portrait d'un écrivain ou d'un artiste.

60 — **Scheffer** (d'après **Ary**). Marguerite à l'église. Dessin.

10   61 — **Swebach**. Halte de hussards de la 1ʳᵉ République. Plume.

9   62 — **Teye (Van)**. Paysage au bord de l'eau, Hollande.

14   63 — **Tintoret**. Tête de satyre aux deux crayons.

5   64 — **Toussaint**. Portrait d'Alphonse XIII, roi d'Espagne. Dessin à la sépia.

75   65 — **Troyon (Constant)**. Paysage. A droite, de grands arbres : une paysanne traverse un pont jeté sur un cours d'eau ; quelques nuages se détachent sur un ciel bleu. Pastel signé du monogramme au bas à gauche.

130   66 — **Troyon (Constant)**. Pastorale. Un jeune berger appuyé sur sa compagne, assis tous deux au pied d'une fontaine, entourés de leurs moutons que garde un chien. Pastel.

130   67 — **Troyon (Constant)**. Pastorale. Deux bergères, l'une assise, l'autre debout, lisent une message au pied d'une fontaine ; à gauche, entre deux arbres, apparait la tête d'un malicieux berger ; à droite de la fontaine, à l'arrière-plan, des chèvres et moutons ruminent, une rivière coule dans le lointain. Pastel. Nota : Le maitre a fait quatre pendants de forme ovale, comme dessus de portes, dont ces deux-ci faisaient partie.

25   68 — **Truchet (Abel)**. Les Pommiers.

20   69 — **Truchet (Abel)**. Les Peupliers.

50   70 — **Truchet (Abel)**. Une Rue de Tunis.

62 71 — **Truchet (Abel)**. La Grande Rue à Yport.

105 72 — **Truchet (Abel)**. Le Port Louviers, vue de Paris.

27 73 — **Vincelet (Victor)**. Natures mortes : Raisins et Pêches sur un plateau.

130 74 — **Willette (F)**. Narcisse. Aquarelle.

12 75 — **École Française Moderne**. Baigneuse.

4 76 — **École Française**. Serment sur l'autel de l'Amour.

6.50 77 — **École Française**. Une vue de Vienne (Isère) en 1788. Dessin.

50 78 — **École Française**. Portrait de femme à collerette. Cadre en écaille.

GRAVURES ANCIENNES

ET MODERNES

---

26 79 — **Baudoin** (D'après). Le Matin et le Soir, par de Ghendt. Deux épreuves anciennes.

40 80 — **Coqueret**. On doit à sa patrie le sacrifice de ses plus chères affections.

Il est glorieux de mourir pour sa patrie. Deux épreuves anciennes en couleurs, d'après Dutailly.

81 — **Delort** (C.). La Leçon interrompue. Épreuve en couleurs avec remarque avant la lettre.

82 — **Launay** (De). Les Hasards de l'escarpolette.

Les Hasards de l'escarpolette. Épreuves ovale et carrée, d'après Fragonard.

83 — **Lavreince** (D'après). Le Billet doux.

→ Qu'en dit l'abbé? par de Launay.

84 — **Millet** (D'après **F.**). L'Angelus et l'Aurore. Épreuves sur Japon avant toutes lettres.

85 — **Peter** (D'après). La Diseuse de bonne aventure. Épreuve en couleurs.

86 — Portrait de Napoléon Ier. Épreuve avant toute lettre.

87 — Portrait de Napoléon Ier. Épreuve gouachée.

88 — Portrait de Madame, mère de Napoléon Ier. Miniature.

89 — **Guérin** (**Jean**). Portrait de Mably, le conventionnel. Miniature.

90 — **Cior**. Portrait d'homme. Miniature.

91 — Portrait de Jean Robiquet, chimiste. Miniature.

92 — Portraits de jeunes filles. Miniature.

93 — Portrait d'homme. Grande miniature genre de Carmontel.

TABLEAUX, GRAVURES, DESSINS

12 94 — **Barbotin**. Gravure.

17 95 — **Barrias**. Une noce à Tanger. Aquarelle.

17 96 — **Béraud (J.)**. La Modiste. Dessin.

4 97 — **Besnus**. Le Paradis des canards.

100 98 — **Bourgain**. Marin en faction. Aquarelle.

29 99 — **Bracquemond**, d'après Millet. Bergère et son troupeau. Eau-forte.

20 100 — **Brunet-Houard**. Militaire.

11 101 — **Carrey**. Grenadier. Vieille garde. Aquarelle.

20 102 — **Clairin**. Dessin.

6 103 — **Cointre (Gaston)**. Eau-forte.

13 104 — **Courant (Maurice)**. Marine. Aquarelle.

18 105 — **Couturier (Léon)**. Marine. Dessin.

15 106 — **Curzon (de)**. Fusain.

7 107 — **Dawant**. Vieux pêcheur. Dessin.

20 108 — **Depère**. Gravure.

460 109 — **Detaille**. Épisode de la Conquête d'Algérie. Très beau dessin rehaussé.

6   110 — **Detaille** (Fac-similé d'après). Porte-drapeau.

10   111 — **Gardette**. La Charge.

215   112 — **Gérôme**. Tête d'Arménien. Etude.

10   113 — **Grosjean** (**Henri**). Bords de rivière.

75   114 — **Harpignies**. Coucher de soleil. Aquarelle.

17   115 — **Henner**. Étude. Dessin.

10   116 — **Jeanniot**. Dessin.

50   117 — **Laurens** (**J.-P.**). Étude pour la Voûte d'azur.

6.50   118 — **Lavée** (D'après **Aimé Morot**). Dessin.

300   119 — **Leloir** (**Maurice**). Leçon de musique. Aquarelle.

21   120 — **Le Rat** (D'après **Meissonier**). L'Homme à la fenêtre. Gravure.

25   121 — **Machard**. Étude de femme. Sanguine.

10   122 — **Maillart**. Retour à la fontaine.

4   123 — **Massard** (d'après **Fauvelet**). Benvenuto Cellini. Gravure.

48   124 — **Montenard**. Côte de la Méditerranée.

5   125 — **Myrbach**. Gravure.

50   126 — **Pelez**. Joueur de flûte. Dessin rehaussé.

300   127 — **Penne** (**O. de**). Chien de chasse. Aquarelle.

15   128 — **Perrin**. Lancier. Dessin rehaussé.

29 129 — **Petit-Gérard**. Chasseur d'Afrique au repos.

5 130 — **Puvis de Chavannes**. Étude. Dessin.

20 131 — **Raffet**. Sept croquis dans un cadre.

10 132 — **Raffet**. Croquis.

32 133 — **Raffet**. Sept lithographies dont une en couleur.

15 134 — **Rebmeister**. Petite fille dans les prés.

1 135 — **Renard**. Nature morte.

1 136 — **Robida**. Les Amoureuses de la Tour Eiffel. Dessin.

105 137 — **Rochegrosse**. Halte dans les prés.

13 138 — **Roll** (D'après **Detaille**). Le Grand Escalier de l'Opéra. Gravure.

40 139 — **Rouffet**. Cuirassiers.

35 140 — **Sergent**. Chasseur d'Afrique.

30 141 — **Waltner** (D'après **J. Breton**). Le Retour des Champs. Gravure. Épreuve d'artiste.

———

6029.50 bronze n. compris

BRONZES

---

142 — **Frémiet**. Un Voltigeur.

143 — **Frémiet**. Un Tirailleur.

144 — **Frémiet**. Un Canonnier monté.

145 — **Frémiet**. Un Carabinier.

Belles épreuves anciennes.

www.ingramcontent.com/pod-product-compliance
Lightning Source LLC
LaVergne TN
LVHW012157170726
843503LV00009B/4221